KB126987

사랑의 다른 말

성윤석 글 / 하재욱 그림

사유악부 시인선 04

성윤석 글 / 하재욱 그림

사랑의 다른 말

사유악부

4

시인의 말

목과 가슴 중간쯤에 날카로운 소리를 내는

새를 한 마리 놓아 길렀는데, 언제나 벼랑만을 털러 가는 새였다.

위험했고 아슬아슬했고 벼랑으로 인해

새도 나도 몸이 성한 데가 없었다.

하지만 새와 나는 벼랑을 털러 가는 길을 알게 되었다.

차례

사랑

전차가 지나갔으면 좋겠다
천천히 늘어진 테이프 같은 노래가 흐르고
꽃집과 빵집이 건축되어 있으면 하고
그리고 여기 당신이 있었으면
그리고 저기에서 등이 켜졌으면
이틀간의 세션이 작동하고
만료되기 전에 아침 안개가
저녁까지 해안 도시에 걸쳐져 있으면 하고
대본엔 아무것도 쓰여있지 않고
마이크는 꺼버리고 이윽고 기다리면
눈이 내렸으면
당신과 함께 있는 이틀만이라도
신이여 잠은 더 깊게 파주시고
눈이 내리는 소리는 볼륨을 더 높여주소서

소파에서

소파에서 수십년을 살았다
당신 어디 살아요? 라고, 묻는다면
늘 소파에서 살아요 라고,
대답할 것이다

소파에서 자고 일어나고
소파에서 어두워져가는 베란다
창밖을 짐승처럼
바라보았다

소파에서 아팠고 상처를
입었고 숨었다

어느 날은 입을 벌려 소_파 라고,
발음을 해보기도 하였다

소파에서 당신에게 편지를 쓰기도 했다

그 편지는
당신과 나의 이야기는 같은 책장이 넘어가는
이야기... 이 이야기는 끝나지 않을 것이오

같은 것들이었다

당신은 어디에서 왔고 어디로
갈 것이요 하고 묻는다면 나는
언제든 소파에서 왔고
죽어 소파로 갈 것이오 라고, 대답할
것이다

소파는 내게로 와서
때도 되고 곳도 되었다

나는 소파에서, 라는 말을 쓸 수 있는
유일한 자가 되었다

그리고 그것은 내게 매우 중요한
문제였다

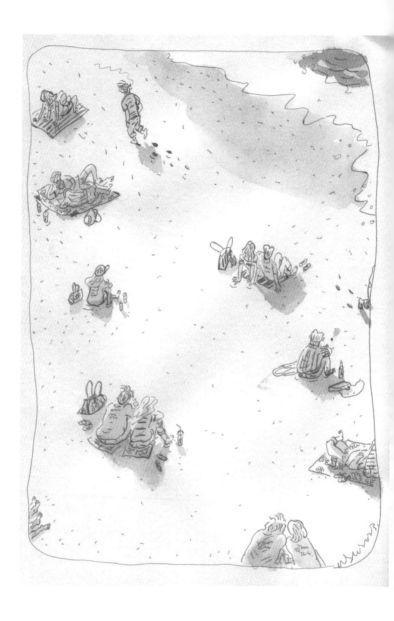

뼈의 뜀

어느 해 여름이었을까요 바다 백사장에 당신의 앞치마를 깔고 우리는 나란히 앉아 바다를 바라보고 있었어요 나란히 무릎이 부딪쳤는데요 당신의 정강이뼈가 뛰고 있다는 게 느껴졌어요 살갗을 뚫고 당신의 정강이뼈가 두 가닥이 되었다가 세 가닥이 되었다가 하고 있었어요 나는 당신의 정강이에 뼈가 하나 더 있어 나타났다가 사라졌다가 하는구나, 생각했어요 당신에겐 그런 뼈가 하나 더 있구나, 했지요 마치 부에나비스타쇼셜 클럽의 쿰바이 세쿤도가 D현에 자신만의 기타 줄을 하나 더 맨 것처럼 당신 나타났다가 사라지는 그 하나의, 뼈의 뜀이 아직, 내게 남아 있어 나는 바다를 쉬이 떠나지 못한답니다

당신이 간 뒤

1일

식물을 이용하여 지구의 금을 얻는 일을 하려고 한다 돈이 벌리면 좋겠지만, 그건 어림없는 일임을 알고 있다 우선 폐광이 필요했다 이 일은 지난한 일이다 관련 논문도 뒤져보아야 하고 공부도 따로 해두어야 한다 사실 그 공부란 다람쥐가 도토리를 땅속에 묻어두고 잃어버리듯이, 늘 잃어버리고 아쉬운 공부이다 다람쥐가 잃어버린 도토리들이 상수리나무 숲이 된 걸 나는 알고 있다.

2일

원고료가 들어오면, 새로 구입할 강화유리 비커와 몇 가지 실험 도구들, 그리고 촉매를 만들 약품들을 사야 하는데, 원고료가 기어코 들어오지 않는다 이렇게 되면, 내달 초 용돈으로 구입할 수밖에 없다 일을 더해야만 하나 아니면, 지금 하고 있는 일을 조금 확장시켜야 하나. 어쨌든 조그마한 실험실을 만드는 게 관건이다 다시 실험실을 갖고 싶다 연금이 아니면, 다시 연금으로.

3일

식물을 이용하여 금을 얻는 방법은 호주 사람 앤더슨에 의해
최초로 시도되었다 앤더슨이 순무나 배추를 이용하여 폐광석
에서 순무나 채소를 거쳐 금을 얻는 방법은 아직 세상에 나온
적이 없다 앤더슨은 분명 실험을 통해 금을 얻었을 것이고, 몇
가지 실험에서의 유용한 도구와 약품들, 그리고 현장의 풍경
을 숨기려는 듯 보인다 왜냐하면 연금술의 토대는 수많은 실
패와 미스테리한 약품 구성에서 출발하기 때문이다 그러므로
내가 아닌 누구든 앤더슨의 미스테리한 방법을 디테일하게 알
수도 없고 알려고 해서도 안된다 오로지 제시된 앤더슨의 몇
가지 팁만으로 새로이 도전해야 하는 과제를 안고 있다 이것
은 문학에서도 철학에서도 유용한 과제가 될 것이다 호주사람
앤더슨이 제시한 방법은 다음과 같이 구상해 볼 수 있다

1. 금 채취가 끝난 폐광에서 폐광석을 캔다
2. 근처에 조그마한 텃밭을 마련하여, 그 텃밭에 고랑을 낸 뒤
   자체 구성한 미스테리한 화학약품으로 폐광석을 녹인 뒤
   기다린다 이때 폐광석에서 분리된 금은 토양에서 10일간
   녹아있는데 바로 그 위에 배추를 심는다

3. 배추는 우선은 잘 자랄 것이다 배추는 금을 먹는다 성장한
   배추는 배추꽃을 피워보지 못하고 금과 기타 중금속에 오
   염돼 말라 죽는다 배추는 꽃을 피우지 못한다 나는 여기에
   주목하고 있다 말라 죽은 배추를 들고 스테인레스 큰 대야
   같은 데서 배추에 불을 지른다 이윽고 금 알갱이들이 떨어
   져 나올 것이다 시커멓게 그을린 상태로, 금 알갱이들을 염
   산과 질산 용액에 담근다 곧 둥근 금딱지가 빛날 것이다 그
   것은 아주 적은 양이다

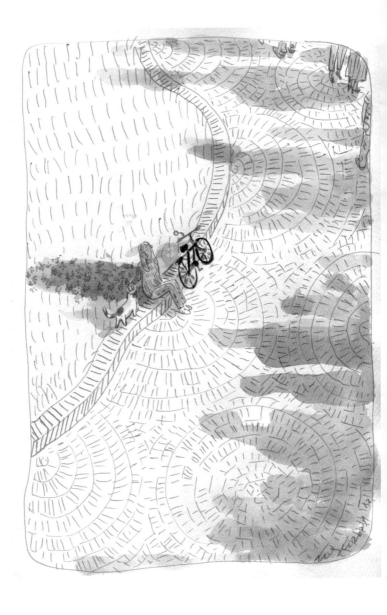

그림자 냄새

당신..... 그림자에도 냄새가 있다 약간의 거리가 있는 냄새
이다 둘레를 갖춘 냄새이다 그것이 풀이 나무가 새가 벽이 물
이 꽃이 개와 고양이가 가까이 있기 때문이다 일본 여행을 갔
다 온 이가 말했다 원폭 투하 직후 사라진 사람들의 그림자가
여전히 남아 있었다고 사라진 자전거 대신 자전거의 그림자
가 남아 있었다고 그 그림자들은 가까이 있는 게 아니었다고
나는 그 그림자들을 생각한다 그 그림자들의 냄새를 생각한다
그 그림자들의 거리를 생각한다 이젠 양동이에 담아지지도 않
는 것들 날아간 모양이야 옛것들 흘러간 모양이야 모든 것들
굴러간 모양이야 저녁의 것들 멈칫하다가 돌아온 모양이야 사
월의 것들 인류여 인류여 그만 멸망하자
당신..... 언제나 내가 지는 쪽으로 내가 이길 수 없는 쪽으로
꽃이 피고 있다

목적 없는 상태로서의 예술

한 번 더 얘기하지만, 제빵사 중에 자기한텐 밀밭이 있다고
생각하는 사람과 밀가루밖엔 없다고 생각하는 사람은 삶이
다를 것이다 모든 세계의 사람들이 이와 같을 것이다 모든 세
계의 사람 그 중의 한 사람 타인으로 나를 잊는다 밀밭은 없
지만, 밀밭이 있다고 생각하는, 밀밭을 가졌다고 생각하는,
밀밭에서 출발했다고 말하고 믿는 제빵사를 기다리며, 없는
밀밭을 걸어 거리로 나갔다 도처에 출발 언어와 도착 언어가
함께 있다

당나귀

당나귀를 키워야겠다는 생각이 들자, 당나귀 한 마리 키우지 못하는 동네는 동네도 아니고 사회도 아니고 나라도 아니라는 생각이 또 들었다 당나귀는 말의 미래, 말의 진화, 어쩌면 미래는 이미 와 있어 말의 노인 말 달려 다다른 육체 말의 질주도 윤기 나는 피부도 거인의 어깨 같은 높이도 생략하고 마지막 한 방 무서운 뒷발길질만 남겨둔 채 가진 채, 잇몸과 이빨을 다 드러내고 사진 한 장 박힐 때 직접 보여주는 웃음이라는 거, 다른 동물의 웃음에도 사랑의 표정이라든가 위트, 라는 낱말들이 비로소 제 앉을 자리에 앉더라는 것

만년필

손가락 두 개로도 쓸 수 없는 글이 있을 때 찾았다 이 만년필
은 한 사람이 한 사람에게 건넨 필기구다 필과 기구는 다른 말
이지만 잘 어울린다 만년필의 잉크가 떨어질 때쯤 한 사람은
이삿짐을 정리하다 강물을 담은 듯한 푸른 잉크병을 찾았다
잉크의 기별을 들었을 때 한 사람은 비로소 손가락과 나뭇가
지와 연필과 볼펜을 대신할 만년필을 눈에 담는다 어떻게 이
필기구는 만년이라는 이름을 얻었을까 잉크가 없다면 수개월
도 수월하지 않았을 필기구가 아닌가 사람들이 만년을 찰나라
하고 순간을 만년이라고 하는 이유가 예 있다 닭꼬치를 꿰듯
나에게 정확한 사랑의 언어를 주시오 정확하고 진실되지 않다
면 떠나겠소 만년필이라는 존재의 이름 거죽에 연금술사라는
또 다른 이름을 새긴 필기구 한 필이 낡았지만 점점 커지는 세
상의 노트 중앙을 단번에 꿰어놓고 있다

복장뼈

어린 사람의 복장뼈는 여섯 개였다가 스무살이 되면 세개로 합쳐진다 이 복장뼈는 손목의 손바닥과 주먹으로 연결되어 때로 스스로 뛰고 스스로 치며 스스로 위와 아래를 향한다 복장을 치며 생각한 사람은 내 몸을 돌며 수많은 빗장패임을 만들었지만 그때마다 '사랑' 이라든지 또 '실연'의 쾌감이라든지를 느껴보게 되는 것이다 복장에는 덮쳐오는 바다가 있고 그 바다가 생성한 파도가 있고 그 파도를 뛰어 오르는 날치떼들도 있다 성인이 되어 합쳐진 복장뼈엔 이젠 울음 같은 물기는 솟지 않지만 그대여 한때 내가 복장을 치며 생각했던 그대여

첫눈

눈을 밟으며

눈을 밟으며 중얼중얼

나도 쓰는 자 너도 쓰는 자

쓰는 자는 라디오를 훔치는 자가 아니라
흐르는 라디오 주파수를
훔치는 자

쓰는 자에게는 헤르츠가 수여되지
나는 이제 네 이름도 모르겠고

얼굴도 생각나지 않고 나이도 모르겠고

나는 내리는 자

다만 발끝에

젊은 기쁨과 낡은 슬픔이 흐르고

여기가 어디인지

그러나 첫눈이 사는 곳

첫눈은 헤르츠를 생산하는 공장이지

첫눈은 때와 곳 장소지

눈을 밟으며 눈을 밟으면

눈은 내리면서 오르는 것

첫눈은 언제나 바닥에서 폭발한다

34

붉은 달

모서리가 많은 집에 살고 싶다고 했던가 네가 말한 게
붉은 달 아래에서 불쑥 생각이 났다

이탈리아 상인이 먼저 시작했다는, 부셔버린 좌판을 뜯어 와
수협공판장 바다 앞에서 불을 피우는
중국 어부들과 마주쳤는데

무슨 말을 할 것인가
바다 앞 아파트로 이사 온 것 뿐

작은 방에 큰 아이
작은 방에 작은 아이가 잠들어 있고

모서리를 지나면 다시 모서리가 나오고
모서리는 계속되는데

공포는 산 자들의 것이지
삭아버린 좌판을 부셔 버리고 사라지고
다시 좌판을 부셔버리고

모서리 속에서 붉은 달을 본다
월경이라, 시작한 곳이 없는
달의 좌판

붉은 달 붉은 천들이 계속해서 나오던
너의 입술 속

존재감

먼지 속에 섞여 있는 먼지처럼 낙엽 속에 한 낙엽을 차지하고
있는 낙엽처럼 사람 속에 한 사람이 되어있는 사람처럼 깻잎
위에 맺힌 이슬방울 옆의 이슬처럼 반짝이는 물빛을 이루는
물빛 하나처럼 오롯이 하나만이 여럿을 생산하듯이 여럿이 다
시 하나로 모이고 그 하나가 다시 여럿으로 탄생하는 모양으
로, 그 모양은 원형이든지 네모이든지 세모이든지 그 모양은
크든지 작든지 길든지 짧든지 당신의 머릿속에서

루머는 되지 않을 것이다 당신 옆에서

그렇게 있을 것이다 눈이 내린다 내리는 눈발에 박혀있는 눈
의 입자처럼 뿔이 어느 날 도형이 되는 것처럼

풀리는 것들

실처럼 풀어 바다에 버린 것들이 흐르다

해파리가 되어 올라온다

구역질 끝에 다시 풀어 바다에 버린다

코바늘만 남은 집이라 했다 그 집을 지나

자목련을 만났다

실을 걸만한 코들이 나뭇가지와

새의 입에서 나왔다

실들이 날아간다

하늘 속은 물속처럼 흐른다

나도 다 풀려버리기를, 외쳐보나

돌아보면 내가 마지막으로 가진 것도

코바늘이었다

물속처럼 하늘 속이 보이는 날도 있다

그 하늘 속으로 손을 집어넣어 본다

내 손도 풀려가리라 그럴 일 없겠지만

원하는 것은 아무도 범접하지 않는 곳에서

실뭉치처럼 풀리는 것이다 네가 있어 서러운 것이냐

파도가 그런 말을 하고 있다

尺 2

누군가는 사람에게 척을 대고 직선을 긋고 그 선에 단 한 번이지만
영원한 흉터를 남기기도 하지

늦게서야 알았지만, 사람에게 대는 척은 이제 물로 만든 것이었음 하고
두부로 만든 것이었음 한다

사람의 입은 열 개 귀는 먹었고 그게 첨단의 시대였다고
말하는 채널을 끄고 사람들의 입에서 자꾸 나오는 자에다 대고
나는 노래를 불러주겠다

그때 물결 같은 자가 솟아올랐다 가라앉으리
신화도 야사도 없이

사랑하지 않았던 날들은 없었다

사랑이라..... 어라 이 동네에 또 왔군... 하는 꿈을
꾸는 일이 시작되었던 그해 봄.. 네가 사는 동네 이층 창문에
조금 머물던 햇빛의 반짝임이 처음이었다

내가 가고 싶다고 갈 수 있는 곳이 아니었지 머무르고 싶다고
있을 수 있는 시간도 없었고,

다른 사람을 기다리기 위해 역에 나왔는데 문득 당신을 기다
리고 있는 나를 발견하는 일 내 기다림은 이제 하나뿐이었던가
한 번뿐인 일인가

아.... 하면 당신 어.. . 하면 당신 깊어가는 달이 야위고 잉크
는 떨어졌지만, 당신이 드는 백지는 흰 눈이 쌓이는 듯 해

당신이 있던 날들

사랑하지 않았던 날들은 없었다

48

사랑

따지고 보면 지구는
일인용 지구이다
바로 나 자신 말이다
당신을 만나 지구는
이인용 텐트가 되었다

사랑

처음에 나는 당신 쪽을 보고 있었지만, 당신이
보이지 않았습니다 지금은 다른 곳을 보고 있지만
당신만 보입니다 당신은 지금 나를 보고 있지만 거기엔
내가 없을 겁니다 나는 당신에게 편지를 씁니다 내가 쓰는
문장이 내 말을 알아들을 때까지 씁니다 내 글이 내 말을
알아들은 날이 없었습니다 그때서야 나의 문장이
가장 나와 가깝고, 그때서야 당신에게 온전히 나의
문장은 당신에게 도달할 것입니다.

이별

당신에 관한 한 보고 싶지 않은 게 없다
당신은 자꾸 여기서 먼 곳에서만 서 있다
나는 떠나지 못하고 텅 비어 있다
이제는 쭈글쭈글해진 행성 하나를 몸속에 감추고
입을 깨문다
참 오래된 별 하나가 다른 별이 되는 것
그게 이별이었어

비가

오늘은 비가 내리는군요
그대 어디, 라는 혼잣말을 삼킵니다
그대 어디, 라는
장소를 구체화해 봅니다
어디라는 곳 그곳에서도
화병에 꽂힌 마른 꽃들의 유리창 너머로
비가 내립니다
잘 지내느냐고
잘 지내고 있는 하루가
매일 매일 있느냐고
그대와 나의
4부에서 3부로 3부에서 2부로
2부에서 1부로
책장을 넘깁니다
오늘은 비가 내려요
나는 그대와 있던 곳을 찾아
여행을 다닙니다
사랑 이전의 사랑
떠난 그대 이전의 그대
빗속에서 반짝입니다

여행자

구체관절 인형을
닮은 고장들이 있다 항구도 그런 곳이다
선을 죽 그어놓은 듯한 방파제 집과 길과
배와 물의 금들이 두텁다 덧칠하고 덧칠한
날들 밤이면 길이 두터워진다 떠난다는 것은
언제나 몸을 한 겹 벗는 일이다 그리고는
이음의 관절들로 팔과 다리를 나눈다
어디를 가지 않을 것인가를 생각해야 한다
한 여행자가 대략 칠한 창문들의 페인트를
문장으로 고쳐 머릿속에 끼워 놓는다
일하다 말고 가끔 먼 곳을 바라보는 하역 인부들의
관절들도 둔해진다 지나온 길들의 밤 별들
슬프지만 기쁜 음악들
여행자의 별들은 항상 크고 굵다

자폐自閉

1

봄산

한 페이지에 빽빽한 봄

꽃구경 꽃구경 꽃구경, 꽃구경이라는 경經을 들고

산을 돌며 통째로 외웠다.

2

목련까지 폈다

여기까지 다 왔구나
꽃 피워놓고 한 숨 돌리는
나무를 본다

잡을 데 없어 제 꽃을 잡고
나무는 쉬고 있다

나도 목련 앞에 와서야
내 한 숨을 잡아본다

만져지지 않는데 사랑일까

봄비

다 젖었으면 이제 들어오라고

젖은 자만 들어갈 수 있는 방들이 있다고

어디서 이런 큰 집을 보게 되겠냐고

당신의 사막과 나란히
아무리 건조하게 상실을 구축해도

말은 다 한번 젖었던 것이라고

어디 가서 이런 큰 길을 보겠냐고

생의 길은 뻗어있는 듯이 보이지만

언제나 원을 그리고 있다고

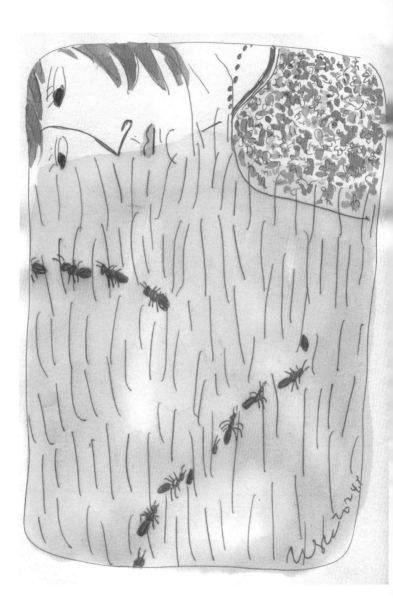

풀밭

저 잡스러움. 저 하염없음. 저 삼류. 발로
밟고 다닌 저 질서 없음. 오늘은 노랑 자주
작고 사소한 꽃들로 노랑이 벌처럼 붉음이
거미처럼 노랑이, 노랑을 넘어 보라가
보라 이전으로 시간도 없고 낮과 밤도 없이
명아주 자소엽 까마중 아, 저 흐트러짐.
발을 걸고 놓아주지 않는 환삼덩굴들
사이로 개미떼가 아직 껍질채인
낱말들을 이고 가고 있다. 개미들. 제 몸
이 넘는 무게의 껍질들을 이고서. 내게도
몸을 넘어가는 무게의 낱말들. 뙤약볕 같았던
옛 사랑은 온 곳이
다 불타고 없다는 증거.

식탁에서

음식을 치우고 책을 놓아둔 채 사라진
사람에게는

책을 펼쳐두고 없어진
사람에게는

내일이 아닌 말들만 추려내
꽃병 앞에 두고

꿈이 아닌 말들만 뽑아내
나란히 두고

말의 갑각류가 탈피를 하고
말의 날개가 펼쳐져 날것이 되도록

서사는 없고
서정만 있도록

비 오는 거리 하나를
삭제하였는데

거리는 없지만
구두에 찰랑거리는 빗물이
튀어오르는 것

유독 식탁에서만

척독尺牘 1

우리는 모두 자신을 향해 나아가는 것일 뿐일까요
오로지 한 사람
자신만 지상에 남게 됩니다
무서워서
휘어지는 달에 밀어를 묻어 두었지요
어느 날에 올려다볼 수 있게요 나에게
높은 것은 다 당신과 관련된 일입니다
쪽동백,
동백에 쪽이 지던 순간처럼 당신과 나의 시간은
먼 곳에서 함께 벌어집니다

척독尺牘 2

시월은 애쓰는 사람들을 조금 위로하는 달 같다는 생각을 합니
다 아침엔 아침달이 좋고 저녁에는 저녁달이 좋은 시월입니다
당신은 문장 하나에 술 석 잔이 필요하다 했습니다 문장이 무
엇이라고 술이 필요하겠습니까 술 석 잔에 문장이 필요한 것이
겠지요 당신이 옛길에 와서 좋았고 일년만에 다시 만나 좋았습
니다 나란히 앉아 말없이 강을 바라보았던 일은 떠난 뒤에도
늘 강물처럼 흐르고 있는 일일 테지요

척독尺牘 3

몇날이 지났는데도 옷에 깊은 숲속의 나무에 붙은 버섯 냄새
와 은목서 향이 난다.. 나는 어디를 다녀 온 것일까
　시월은 이런 생각만으로도 좋을 것이다

척독尺牘 4

숲속 길을 같이 걷다가 당신은 문득 다른 길로 가더군요.. 임도
였고 당신이 손가락으로 가리킨 바닥에는 한 새의 발자국이 찍
혀 있었습니다.. 아마도 시멘트가 굳기 전 새 한 마리가 아무것
도 모른 채 이 길을 걸어간 모양입니다.. 이 새는 얼마를 걸었
을까요.. 이거 봐요, 당신은 소리쳤고 나는 새 발자국을 따라가
보았습니다 새는, 새의 길 끝에서 문득 되돌아보았네요.. 거꾸
로 찍힌 새 발자국 하나가 눈에 보였습니다 언젠가 당신이 나
를 잊고 걸어가다가 새의 마지막 발자국처럼 문득 돌아서 나를
생각해 주기를.. 나는 새의 거꾸로 찍힌 발자국 하나를 외투 속
주머니에 넣고 돌아왔습니다 당신에게 말하지 않았습니다

척독尺牘 5

차가운 공기 속에 있는 말 '당신이 서 있었다'는 말
이 생겼다 당신이 서 있는 거리 버스 정류장 몇 걸음
건너 편의점 코끝이 싸한 공기 속에 부재의 거리를
걸어 오랜만에 배롱나무를 찾아갔다 며칠 사이 배롱나무
붉은 꽃은 져버렸다 날이란 이런 것이다 찾아오지 않은
날을 셈조차 하지 않았던 것 당신이 서 있었고 당신이 서
오는데 뜻밖에
당신은 없었던 것이다 내가 본, 내가 생각한 당신의 꽃도
져버렸던 것이다 생각을 셈조차 하지 못했다 말린 꽃잎을
띄우자, 소용돌이에 빠진 술잔 속의 괴로움 술에 무슨 짓을
한 것일까 당신이 서 오는데

척독尺牘 6

나루를 밀어내고 배가 떠가듯이 세월이 가오 일척一尺짜리 한
지를 가위로 잘라내 내 가장 가까이의, 가장 날카로우나 부드
러운 세필, 붓으로 몇 자 쓰오 달빛이 그대의 소가 창고에 볏
섬처럼 쌓이기를, 나는 평범한 이들의 비범함을 물어 이 짧은
독牘을 쓰오 세상에 비슷한 일은 기다리는 마음뿐이오 준비하
는 마음뿐이오 생각느니, 당신의 뒷머리칼 뒷모습뿐이오 생각
을 풀어줘 말 엉덩이를 두드려보오 다만 달려가는 것은 내 생
각뿐이지만, 길이 멀어 눈 먼 이는 찾을 수 없으니 오늘 밤도
창은 열고 그리움은 여밀 수밖에, 반딧불 하나 암흑 위로 떠오
듯이 이 짧고 어리석은 독牘을 받거들면 나 있는 이쪽의 어둠
도 한번 바라봐주오

척독尺牘 7

내 안에서 당신 분주하십니다 내 눈 속에서 서두르십니다 내 앞섶에서 바쁘십니다 내 등 뒤에서 부지런하십니다 나는 등 뒤의 당신을 앞에 세웁니다 번쩍 들어 달에 대어봅니다 세상 의 어떤 척尺도 여기에 당하지 않습니다 엽편소설 백 편을 다 읽은 듯 시간의 밀도가 빽빽해집니다 당신 눈 속의 우물은 눈 녹은 물로 더 깊어집니다 그 물은 내 손바닥 위에서도 당신의 발 밑에서도 찰랑거립니다 어떻게 쓰기 시작할까요 당신이 마 련해준 백지는 수심이 깊은 바다를 가진 모래언덕처럼 자꾸 불어나기만 하는 것을요

척독尺牘 8

겨울입니다 그 동네엔 눈이 내리는지요 여기는 비가 옵니다 당신은 복도에 있고 나는 계단에 있는 사람 있다는 것은 산다는 일일까요 꽃나무 속의 복도를 생각합니다 꽃나무는 눈도 없이 햇빛을 봅니다 귀도 없이 햇살이 부르터는 소리를 듣습니다 이런 경지를 저녁에는 갖고 싶습니다만 나는 이미 저녁에서 가장 멀고 밤에서 가장 흰 사람입니다 겨울입니다 눈과 비는 같으나 다른 당신과 나의 길처럼 한없이 가고 있으나, 알수 없습니다.. 어딘가에서 끝나 있을 눈과 비.. 하지만 지금은 찬란한 불빛 속의 비만 바라봅니다

척독尺牘 9

일 척의 종이가 눈앞의 바다를 대변하오 차디찬
공기를 휘감은 하늘을 대변하오 세상은 항상 나쁘게 흘러가오
나는 점점 못되어져 가고 있어요
눈앞의 잔설 눈앞의 불빛에만 당혹하오 많은 길들을
압도한 듯이 생각했지만, 나의 걸음은 일 척의 종이 위를
맴돌았다 싶소 언젠가 술잔에 꽃잎을 띄워준 일 꽃잎 한 장에
술이 맴돌듯이 나는 종이 위에서 말 달리는 어리석은 사람이오
종이 위에서 종이 밖으로 발을 내밀어 나는 당신에게만 내리고
싶소

척독尺牘 10

창고가 있고 미루나무 두 그루가 높게 서 있는 언덕 위의 집을 향해 가고 있었다 모든 세상의 사랑을 부인하고 나는 당신이 남긴 엽편의 종이 한 장으로 내 사랑을 출발했다 밤의 공기는 달았다가도 써졌다 먼지를 닦아낸 등을 들고 나는 출발했다(먼지가 없는 등이 등이겠는가) 지난날들의 관청은 아무것도 면해주지 않았다 나는 자주 취해 밤바다로 갔고 면해주지 않음과 면하고 싶지 않음의 파도를 마주했다
가을은 마땅한 것이지만 가을 속은 마땅한 것이
아니었다 사랑은 마땅한 것이었지만 사랑의 속은
마땅하지 않았다

담장 너머의 노랫소리는 여러 갈래의 길로 흩어졌지만 알아들을 수 없었다 당신은 옛 거리 밤 불빛들을 생각하는 듯했다 그리고 내 외투 깃을 여며주고 떠났다 그 일은 마치 나를 향한 문을 굳게 잠그는 것과 같았다 어떤 비명이었다 외침이었다 돌이킬 수 없었다 나는 잠을 잤다 굳게 닫힌 문을 열고 다시 닫힌 문을 열고 다시 문을 열었다 내가 본 세상의 밖이 아니었다 나는 문을 차례로 닫고 다시 나왔다 떨어져 나와 본 처음의 자리도 낯선 곳이었다

해가 있는데도 내 그림자가 보이지 않을 땐 주먹으로 벽을 쳤
다 그 그림자가, 그림자 따로 돌아서서 당신에게로 가고 있을
지도 모른다는 생각이 들었다 나는 더욱 반대편으로 수풀과
물이 있는 곳으로 갔다 나는 내 그림자를 몇 해째 쫓아다녔다
피해 다녔다 간혹 내 그림자 곁에 당신 그림자가 보였다

척독尺牘 11

사랑한다는 말에는 수많은 시간의
언어가 헤엄치고 있습니다 그 언어의 파도를 우리가 쉽게 잊어
버릴 뿐

그대를 좋아합니다 좋아한다는 말이
없어질 때까지

그대가 준

백지에는 아직 흰 색의 차례들이 빼곡합니다

나는 이 거리에서 절대 나가지 않겠습니다

척독尺牘 12

목서가 완성되는 시월이다 목서는 계수나무 한 나무의 다른
이름이다 금목서 은목서 앞에 서면 목서는 실패한 연금술사가
환생한 나무 같다 그 아름다움을 탐한 죄로 연금술사는 사라
졌지만, 하늘은 달을 금빛으로 또는 은빛으로 변하게 하며 그
색을 이르게 하며 또한 그 빛을 목마르게 하며 일년 중 한 달
은 목서에 꽃을 허락하기 시작했다 연금술사는 성공하기 위해
몰두하지 않은 술사이고 어느 땅에서든 유일한 사람이었다

은목서가 마침내 피기 시작했다 은목서는 금목서가 피기를 기
다린다 금목서가 절정으로 치달을 때 은목서는 핀다 목서는
아는 것이다 금이 먼저고 은이 나중이라는 것을 향도 금이 더
강하고 은은 약하다 약하지만 은은 넓게 뻗어있다 대지에 금
은 귀하고 은은 덜 귀하지만 은목서는 계수나무 한 나무에서
는 뒤에 서지 않는다 목서는 달에서 온 것 달은 금빛을 띠었다
가 은빛을 갖는다 내겐 늘 당신이 그랬다

척독尺牘 13

섬진 나루는 강물에 내 한 일一자를 써놓고
간 것이니, 부디 당신은 와서 이 한 자를 머릿결에 거두어주기
바라오

꿈에

꿈을 꿨는데.. 당신이 두고 간 백지 위에
이렇게 썼다.. 있음, 에서 없음, 으로 가는 것; 삶에서 죽음으
로 혹은 소멸로 가며 점점 스스로가 희미해지는 것을 스스로
가 바라보는 것; 이 것도 하나의 퍼포먼스이리라; 그리고는
물을 마시고 탁자로 다시 돌아왔는데 '스스로'를 누가 '자기'로
교정을 봐두고 갔다.. 오 하느님!

연약한 감정

밀가루 반죽을 해보지 않았다면 빵을 온전히
이해할 수 없다 반죽 옆에 주방이 없다면
신은 인간의 저녁을 들여다보지 않았을 것이다
그들은 늘 맞지만, 항상 옳지는 않다 지속적인
대화가 세상의 전부다 전부를 보려면 입구의 화
분 밑부터 살펴야 한다 그리고 당신이 있다
당신은 사랑하지만 멀고 그대는 좋아하지만 가까운
가 여튼 봄이다 옅은 분홍들이 공중에 떠다닌다
세상의 속도가 달라진다 지난 겨울은 희미해진다
크리스마스는 캐롤 없이 보내야 했다 신도 예전의
신이 아니다 이제 노랫소리는 없고 모두가 신이었
으므로 신들은 고단한 사람 옆에 더 큰 고단을
두고 사라진다 나는 당신을 만난 날을 세지 않는
다 그날들은 너무 연약해서 쉽게 찢어지는 비닐
봉지와 같다

사랑의 다른 말

초판1쇄 발행 2024년 4월 20일

지은이 성윤석 글 / 하재욱 그림
펴낸이 이지순

편집 성윤석   **디자인** 디자인무영
제작 뜻있는 도서출판
         경남 창원시 성산구 중앙대로 228번길 6 센트럴빌딩 3층
         전화 055-282-1457
         팩스 055-283-1457
         이메일 ez9305@hanmail.net

펴낸곳 사유악부
         (사유악부는 뜻있는도서출판의 현대문학 임프린트입니다)

ISBN   979-11-985307-3-8   03810